U0068645

角落的聲音

林豐明 著

目次

輯一

輯一

輯二

輯一

插花

又修又剪
完成後立在劍山上的作品
還不到原備花材的三分之一

所謂寫詩不也是這樣
對於浪費材料的說法
原以為她不懂詩的老婆
如此一針見血地回答我

《笠詩刊》，二〇一三年十月。

作自己

他們已經不喜歡
只要我喜歡有什麼不可以
現在他們要你
作自己

沒想過
你根本還搞不清楚
怎麼作才是自己

《笠詩刊》，二〇一三年十月。

化妝品

橫說豎說左說右說
老婆就是不肯相信
存檔在我記憶裡的那張臉
不能修改也無法刪除

每隔一般時間
就找來守護女性的那位佛陀
為她加持

《笠詩刊》，二〇一三年十月。

俚語註

常常聽說
錢有四隻腳
人　兩隻腳

上帝以祂的形象造人
人以他的欲望造物
因此兩隻腳是無奈
四隻腳才是祕藏內心的人的原型

《臺灣現代詩》，二〇一三年十二月。

五月暴雨

不管你們怎麼說
天公說　我自有主張
就是要把梅雨下成水災

砍了那麼多森林
燒了那麼多碳
再不回應
你們會忘了我的存在

《臺灣現代詩》，二〇一三年十二月。

分界點

要作一個對社會有貢獻的人
所有正面表列的總結論
不要成為社會的負擔
所有負面表列的概括詞

已經到了可以拿這兩句話
來期許下一輩的年齡
卻無法舉例說明二者之間的分界點

《笠詩刊》，二〇一四年六月。
《2014臺灣詩選》，二〇一五年三月。

魔鏡

魔鏡的故事為什麼
不是由這個民族創造出來

那麼長久的歷史
至少出現過一面魔鏡吧

的確有過說實話的鏡子
但因為說出實話被賜死了
只留下變成啞巴的子孫

《笠詩刊》，二〇一四年六月。
《2014臺灣詩選》，二〇一五年三月。
日本《三田文學》季刊，二〇一九年八月。

螢火蟲

怕有人提著燈籠找上門
才躲在陰暗的角落發光

沒有燃燒自己
也無意照亮誰

更未想過跳入汽油裡
以不致引發火災
來證明自己的冷

《笠詩刊》，二〇一四年六月。
《2014臺灣詩選》，二〇一五年三月。

葡萄

擠小貨車路旁含淚推銷
是因為產量過剩
不是品質不好

成為包裝精美的酒上桌
也不是甜度較高

都是
論斤賣

《笠詩刊》，二〇一四年六月。

瓶瓶罐罐

任務完成之後
瓶瓶罐罐被留下來
因為惹人喜愛的造型與質感
因為內裝的東西遺留芬芳未散
因為割捨不了與它有關的記憶

從來不是因為它
摔不破

《笠詩刊》，二〇一四年六月。

詩的剪裁

版圖不會擴大或縮小
不管是油彩淋灕滿佈
或是水墨幾筆寫意

即使得到的是一張
面積較大的畫布
超出A4的部分
也只是用來留白備裁

《笠詩刊》，二〇一五年四月。

邂逅

似曾相識的春天
由道路的彼端款款走過來
一路撩撥著深藏的記憶

停步互道久違的瞬間
瞿然發現彼此的臉上都寫著
夏日已遠
秋天消失

《笠詩刊》，二〇一六年八月。

人造花

插在瓶中那麼多年
依然是當時青春的模樣

照書養
該提供的都如數給了
還是得不到
使一朵花真正完美的
枯萎

《臺灣現代詩》，二〇一六年九月。

偶得三行

暮色

也被潑墨的身影
悄悄溶入
色彩褪盡的山水

曇花

急著離開不小心掉落的紅塵嗎
沒等到陽光寫完一首詩
蒼白的一生就匆匆結束了

禪寺

一定要有樹
有樹才有蟬
雖然已經沒有結夏安居了

時間

從方型的鐘
移到圓型裡
文明並沒有因此滾得快一點

《臺灣現代詩》，二〇一六年九月。

密室失火

燃燒三要素
會著火的東西
足夠的氧氣
溫度高於燃點

密室黑箱阻隔不了空氣
抽薪才是根本解決之道
奈何不戒於火的人只顧加油
與溫度對抗

《臺灣現代詩》，二〇一六年六月。

輯二

血的顏色

那時沒有人懷疑
國旗上的紅
是血染的顏色

你不禁羨慕他們
那些被稱為先烈的人
據說流血的時候
乃至流血而死亡的時候
他們心中沒有疑惑

國旗上的紅
還是血的顏色
今天你知道
那是廉價的顏料染成的

讀過的近代史教科書
全部成了封神演義的續集
當你捍衛國旗
卻被應該捍衛國旗的棍棒
打得頭破血流的時候

《笠詩刊》，二〇〇九年二月。
《公論報》，二〇一〇年九月十七日。
日本《三田文學》季刊，二〇一九年八月。

領隊

一個人喝光了所有的水
位於隊伍前端的
卻是全體之中
最乾燥絕緣的影子
土地對他沒有任何黏滯力

他的靈魂也是
我相信
早已飛離
這消失了綠洲的荒漠
雖然他不承認

淒厲的風呼嘯而過
那是掌聲
他說
那證明他一直
與大家在一起

《笠詩刊》，二〇一〇年十二月。
《2010年台灣現代詩選》，二〇一一年三月。

回聲

相同的語言
一致的內容
從對立的山頭飄過來
從山腳下一陣陣湧上來

立足點易位以後
再也不認
那是自己在原點激情吶喊的
回聲

位置升高以後
誓師出發時自己的慷慨陳詞
全部成了刺耳的
挑戰聲

在可以傾聽回聲的高度
忘了那是應該傾聽的位置
難怪
攻頂者絡繹於途

《臺灣現代詩》，二〇一一年三月。
《十年詩萃》，二〇一五年十二月。

遲開的花

虛擬的風意外吹過
印象中了無生趣的沙漠
以石油灌溉的土地
居然生長了
茉莉花

雖然遲了幾十年
雖然花期還無法估計
雖然不知即使存活
會結成什麼樣的果

像此地曾經綻放的野百合
還是一樣芬芳

意外之風會繼續吹送吧
讓種子飄洋過海落地生根
半個地球外
努力耕耘多年
只種出腥味血花的人
不死心地期盼著

《臺灣現代詩》，二〇一一年六月。
《2011年台灣現代詩選》，二〇一二年四月。

復仇
——美軍狙殺賓拉登

追緝十年
終於讓行事不擇手段的聖戰士
付出抵償其暴行的代價
接著發布他裹著毛毯
窩在電視機前顧影自憐
望之不似人主的訊息

如此行動是制裁了暴徒
還是犧牲了英雄
前仆後繼的追隨者

以引爆身上炸藥的方式
告訴世人他們的解讀
成就了烈士

估計十年
仍然未能算出英雄與烈士
哪一個比較接近他們的神
更沒有想到
其實二者都比不上
遍地開放的茉莉花

《臺灣現代詩》，二〇一一年九月。
《台灣詩選》，二〇一二年二月。

獨行者

——參觀慈林紀念館有感

這個世界提早將他裝釘成冊
歸檔
放在櫃子的最上層
封面是黑色印刷的名字

還沒有沾上塵埃
經常有人取閱
雖然往往只翻到
渲染著血跡的那一頁

遠方一場舉世震驚的災難
令人恍然想起
之前他苦行於畢生守護的土地
那麼多次無語的苦口婆心
是要告訴我們什麼

而他自己心裡明白
選擇這一條自古少人行的道路
到達終點時將會看到
隱藏於封底的最後一句話
一肚子不合時宜

臺北詩歌節「詩的小宇宙」，二〇一一年十一月。

行不得

所有新聞媒體
難得異口同聲說
把不定方向的歐洲人
正在投票決定他們明天起
要向左或向右

我看了不勝羨慕心嚮往之
雖然身處號稱民主的國度
靠右邊走被同向的車子撞
靠左邊走被逆向的車子撞

左閃右躲這麼多年才聽說
除了中間
其實沒有規定要靠那邊走

可是今天不管左派或右派
都信誓旦旦要行中道

服兵役時接任值星官
政戰主任好意告訴我
整隊時不要喊
向中看齊
就不必辛苦寫報告

我奉為圭臬幾十年
常在夢中提醒自己不能忘

可是今天
惟中的爸爸
傾中
全世界都傻眼
是這裡的總統

《衛生紙詩刊》，二〇一二年七月。

遇人不淑
——給選錯人的你

應該真心愛你的時候
他忙著了解你
一再探測你愛的底限

應該了解他的時候
你只顧著愛他
盲目地託付了你的心

一度有分手的機會
你卻讓沒有了解的愛繼續
依附在不是為了愛的了解上

而今他充分了解你了
知道再欺騙你幾次
都無妨

而今你終於懷疑他了
重新檢討與他的關係
卻發現後悔已經來不及

《鹽分地帶文學》，二〇一二年。

幻術

手中牌不管怎麼穿插排列
小丑始終不曾離身
瞬間從眾人眼前消失的助手
其實只是暫時隱身幕後
仍在那裡影響節目的進行

電視機螢幕上
別有懷抱的魔術師
正逐一破解
華麗炫目的幻術

無一不是藉著巧妙手法
亂人耳目

下一次
已經知道又是一場騙局的
精彩表演出現台上時
還是忍不住給予
熱烈掌聲

愚蠢嗎
還不能作出這樣的結論
每隔幾年被類似的把戲
重覆騙一次

是人類經過幾千年努力
才進化得來的成果

《笠詩刊》，二〇一二年十月。

不只是天災

颱風

如何與天地相處
這麼重要的事
說了這麼多年
沒有幾個人聽進去

不死心
他不厭其煩
化身不同的名字

年復一年
再三來訪
警告我們
不要老是把他
當一陣
耳邊的東風

地震

所謂地牛翻身
其實只是一種安慰
對久受壓力的最下層

上帝或許偶爾會生氣
但出氣點
往往不是他的子民
最倒行逆施的地方
此說也只能視為一種告誡

一塊土地
侵略擠壓另一塊土地
一直說是正常的能量釋放
難怪忍無可忍時災情慘重

《笠詩刊》，二〇一二年十二月。

某個原住民朋友

如何辨識密林中山豬慣行的路徑
他說不到山區現場無法使我了解
至於佈放陷阱捕獲獵物
他神采飛揚滔滔不絕
細數傲人的戰果

有一次到他家去敦親睦鄰
面前坐著的是部落裡最高明的獵人

競選村長連任　得意之作
他利用作禮拜時在教堂裡發鈔買票
牧師在場　耶和華見證

他曾暗示要發動村民來圍廠抗爭
如果不安排一些工程讓他承包的話
而領到工程尾款的翌日
為了我拒收他致贈的半體山豬
他差點翻臉說我不尊重他們的習俗
只好打折收下一隻後腿

在報上看到他的名字
一則與選舉造勢有關的新聞
回想若干年前在他擔任村長的部落
負責建廠案與他打交道的經過
腦海裡卻浮現唯一那次談到打獵時
兩眼發光的他臉上的表情
我無意中窺見的本來面目

《臺灣現代詩》，二〇一二年三月。

真理

都以為
甚至堅持而宣稱
越辯越明的東西
當下其實不存在

越辯越明顯的是
二個唯一之間的
裂痕

終究會沉澱
在後人的心中成形

那時候他們必然已移除
沒有人承認是外加進去的
與真理無關的東西

《衛生紙詩刊》，二〇一三年一月。

風化

長時間暴露荒野中
有些岩石失去冷硬的質感
改變挺直的形象
隨風而行
棄守站立的位置

磨圓銳角
設法遺忘曾經以刺痛
回報踐踏的腳

最後風化成土壤
孕育出
供觀賞的花朵
敗穗猶盼收割的稻麥
無感於視覺的野草

《笠詩刊》，二〇一三年六月。

久旱暴雨

根據歷史紀錄
部分地區可能會淹水
發生土石流
難免財物損失
甚至會有人送命

還是天天仰望無雲的天空
在長久的乾旱之後
這些都變成不得不忍受的
副作用

每一次
帶著身分證印章出門
前往投票所的途中
總是想著
希望這一次是正確地押注
在名符其實的甘霖上

《臺灣現代詩》，二〇一四年八月。

領空

食物決定領空
老鷹的食物在那裡領空就到那裡
領空決定食物
鴿子的領空到那裡食物就在那裡

老鷹的領空高一百米
鴿子的領空高五十米
領空中線高七十五米

中線是實存的
鴿子升空從未接近
中線是虛構的
老鷹起飛隨時穿越

《笠詩刊》，二〇一五年六月。

如果沒有諾貝爾和平獎

會死更多無辜
少成就一些偉大

如果沒有諾貝爾和平獎
繼猶太人之後
巴勒斯坦人會亡國一千年
讓兩個唯一的神得以扯平

圖博繼續是西藏
甚至被提醒以前叫吐蕃
第一夫人名文成公主

如果沒有諾貝爾和平獎
美國人不可能發現
中國祕方治療肚子痛
如此神效

不致有人在多年後依方抓藥
拿一個國家當貢品
去交換一場覲見一杯黃湯

《文學台灣》，二〇一六年一月。

轟炸過後某村莊

只是發射的地點不同
砲火暫歇
煙塵消散

只是穿著的制服不同
軍隊撤退了
軍隊尚未抵達

只是音調的高低不同
哀嚎呻吟已經停止
也聽不到哭泣

只是亡命的方向不同
從此被解放的雞犬
悉數逃離

一片
死寂

只有斷垣殘壁
斷垣殘壁下
衆多屍體中
仰臥的一具

來不及闔上的眼睛
最後一眼望著家鄉的天空

來不及閉上的嘴巴
最後一句在問　為什麼

《笠詩刊》，二〇一六年二月。
《2016年台灣現代詩選》，二〇一七年四月。

鴿子

定時餵飼料
給水

保持空氣流通
勿使過熱
隔離閒雜人等
避免受驚嚇

典禮前嚴密監控
保護自由的籠子
不容許任何閃失

確保門一打開
和平即一飛沖天
完美演出

《笠詩刊》，二〇一六年六月。

上帝的錯

他們可能是你我的兄弟
她們可能是你我的姊妹
不管接不接受
也可能是你我未來的子孫

他喜歡他　希望和他結婚
她喜歡她　希望和她結婚
組成家庭　成為雙親

世界不會因為這樣的希望實現而毀滅
人類不會因為這樣的希望實現而滅絕

有人不認同
但那不是他們或她們的錯
就像以七種色彩創造出彩虹
就算有錯
也是上帝的錯

不過是型號或產出的批次不同
終究和自己同樣是上帝的作品
不必急著替上帝代言　認定
他們或她們是無法退換的
上帝的失手之作

即使是瑕疵品
上帝也沒有少放一點
愛心在裡面

《笠詩刊》，二〇一七年四月。

偉大的作品尚未出現

站立在經過包裝嚴飾
以血淚枯骨砌成的高台上
被雕塑成所謂偉大的那些
冷卻後才膨脹的銅
究竟有多少注視的眼睛
準確地看出他們的重量
是否符合他們的尺寸

如果沒有這些偉大人物
這會是一個什麼樣的國家呢

歷史沒有答案
只提供素材讓執刀的手加工

未曾將人民的苦難
銘刻在他們腳踏的基座上

偉大的作品尚未出現
樹立了那麼多偉人
沒有一尊是為了引導仰望的腦袋
去思考　如何建立
不需要偉人的國家

《文學台灣》，二〇一七年七月。

沉澱

——百年工程年金改革的觀察

混合之後會如預期般
凝聚不散嗎
攪拌了太久
迄今得到的是
沒有任何一方滿意的色彩

所有的顏色開始沉澱
找尋自己的位置
互相擠壓
各自堅持的版圖

無法估計
還要花多少時間
多年來避免去碰觸
為久遠計不得不擾動的分界線
才會再度隱沒成為新的斷層

在長官部屬同事之間
同學朋友之間
父母子女兄弟姐妹之間
甚至夫婦之間

《笠詩刊》，二〇一七年八月。

白手套

確實握了手
雖然出現在鏡頭裡的
只是那麼幾秒鐘

都認為完成了任務
雖然有旁觀者說
應該由使用相同語言的兩隻手
直接感受對方的溫度

對這樣的建議
隔著一層紗互相較勁的兩隻手

倒是有難得的共識
微笑不語

未曾遭遇相同的難題
終究無法體會
白手套的奧妙

《笠詩刊》，二〇一八年二月。

旁觀

遲到的最後一班公車
匆匆駛過已經淨空的街頭
雨持續落著
潮濕　寒冷
一如過往的每一個冬雨之夜
彷彿剛剛結束的那一場陳抗喧鬧
不曾發生

失去本來面目的花朵
零落在泥濘裡
等待天一亮就開始的收拾

原來是另一次的重播
只是顏色不同
仍然排演相同的動作
呼喊類似的口號

街道轉角處
已經打烊的咖啡屋
臨窗的桌子上
就著黯淡的燈光往外望
水瓶裡離土的百合
回想起同樣的場景中
自己一度燦爛的往日

《臺灣現代詩》，二〇一八年六月。

花的質變

蓮花

價格已經平民化
到處蕃衍
奈何一直找不到
傳說中的
出淤泥而不染

變的不是基因
是淤泥

太陽花

移植幾株比較耀眼的
到廟堂上
成為盆栽
期待他們代言
土地的聲音

結果證明了
數大才是美

《笠詩刊》，二〇一八年六月。

解凍

最好的方式是
讓自然升降的溫度
透過時間來進行
儘管堅硬深厚廣闊遙遠
如兩極的冰原

奈何當它是
這一生最重要的任務
迫不及待地動用
野蠻的手段
說唯恐拖久了產生質變

不是為了防止進一步惡化
才努力保持在目前的狀態嗎
何況急速融解後釋放出來的
還不知會是什麼樣的液體

即使只是水
誰也說不準
會在哪裡
氾濫成災

《笠詩刊》，二〇一九年二月。

教科書

中國很大
地理教科書十二本
讀了六年
始終無法確認
所謂固有疆界究竟到哪裡

臺灣也不小
雖然只占書中一小節
住了數十年
仍然不知道村外那條河流
源頭到底在何處

中國歷史很悠久
號稱五千年
同化了許多夷戎蠻狄

臺灣歷史也不短
雖然只有三百年
曾被幾個異族統治過

《笠詩刊》，二〇一九年十月。

甘蔗物語

三個世紀前
流傳在黑暗大陸農奴間的疑惑
用那麼多又鹹又苦的汗淚血
灌溉的甘蔗
製成的糖
竟然是甜的

即使知道
最終會結晶成統治者謊言的外殼
經過二百年
這個島上的憨人

還是辛辛苦苦種甘蔗
去乎外國的會社磅

現在大家都在告訴大家
糖不是什麼好東西
仍然有人抗拒不了來自強國
甜的誘惑

《臺灣現代詩》，二〇一九年十二月。

蘋果

所謂純潔
所謂芬芳
確實存在過
當他們還是一朵花的時候

從攀上枝頭的那一刻起
蘋果就開始了
由內部啓程的腐爛之旅

不要相信那些四年一熟
華麗上市
代價昂貴的廣告詞

消費者唯一能夠作的是
在賞味期前端挑選出
比較不爛的那個
毅然捨棄比較爛的那些

《臺灣現代詩》，二〇二〇年三月。

吹哨者
——武漢肺炎疫情觀察

歷史一定會記住的名字
唯一一次看到的
吹哨者的臉
口罩占去了大部分面積

只有無從解讀的眼神
從口罩上方的狹縫
被刻意洩露出來
這個國家藉此暗示人民
未正確使用口罩的下場

如果一開始就將口罩翻過來
使阻絕實話的那一面
封住嘴巴
把真相留在心裡
吹哨者不會成為
滿城哨聲追悼的屍體

不會就此缺席
他熱愛的祖國正遭遇的
艱難戰疫

《笠詩刊》，二〇二〇年四月。

輯二

舊照片

都是黑與白
當年顏色昂貴
不得不等待時間
慢慢地塗上一道
免費的黃

想必是必須盛裝的大事
沒有人扮鬼臉
按下快門時
也沒有人要求說
「嘻……」

在鏡子裡消失很久的自己
因此從老舊的相簿裡
一本正經地
瞪著我臉上
不知何時戴上的面具

《鹽分地帶文學》，二〇一〇年八月。

下雪

有些雪落在道路上
車輛輾過　一片狼籍
有些落在山頂上
妝扮出潔白美麗的世界

少數雪被堆成雪人
有了眼睛　鼻子　無聲的嘴
甚至戴上顏色鮮豔的帽子
作為短暫雪季的圖騰

在亞熱帶的島嶼
人們花費時間　金錢
跑老遠的路上山來賞雪
認為下雪是稀奇的事

不過就是雪罷了
隨著飄降的地點
有不同的遭遇
就像芸芸眾生

最終的結局也一樣
太陽出來時
冷眼旁觀的風
如是說

《文學台灣》，二〇一一年四月。

蒙娜麗莎的微笑

之前我認為
最可能正確的猜測是
那一天早上
蒙娜麗莎感覺
她有了

而今　衆說紛紜數百年之後
他們說找到了
蒙娜麗莎的頭顱骨
藉助先進儀器的還原與分析

可望解開
她微笑的祕密

這就是科技的貢獻嗎
同樣是微笑
為什麼不讓她像靈山會上
摩訶迦葉尊者一樣
留下一個公案
待後世的有緣人各參各的
不管悟或不悟

《臺灣現代詩》，二〇一一年九月。

寶瓶

有此一說
肚大　口小
是為了防止
內藏的寶輕易溢出

竟然沒想到
那麼小的口
如何讓那麼多想要的寶
入肚

除非裝進去的是
色受想行識以外的東西
何況還常年蓋著
拒一切於瓶外的蓋子

總算名實相符
材料是久經顛撲沖洗
仍然堅實不破其香如故的
漂流檜木

註：花蓮街頭見小販擺攤出售漂流木製成的聚寶瓶，造型小口大肚，有附蓋有不附蓋，據說無蓋的僅供觀賞，要擺上供桌者須附蓋子。

《新地文學》，二〇一二年九月。

海灘獨行

花了整季春天
才堆成的幾公里礫灘
昨夜一場暴風雨
全消失了蹤影

想必是上帝覺得
有些作品還不夠完美
收回去再加工

在海灘揀奇石
終日無所得的我
心中有隱約的聲音如是說

．

日落後的海灘
不知何人升起的篝火
被風吹散
引燃滿天星斗

暴露出大海
隱藏在黑夜裡的白色曲線

四面八方傳來
潮水重覆著一首歌

如此光景
誰還需要身邊有個伴

《新地文學》，二〇一三年三月。

兩個字
——關於核能電廠

只是兩個字
寫成一大篇嚇人的說帖
詳列複雜的計算式
就是理不清
利益

只是兩個字
動員二十萬人激情上街頭
演成行動劇

只為了表達
恐懼

只是兩個字
爭論二十年才敲定共同的用語
不管你選擇那一方
對方都送給你
無知

《臺灣現代詩》，二〇一三年六月。
《十年詩萃》，二〇一五年十二月。

影子的聯想

1

放棄隱私權
毫無保留地
把自己攤開在陽光下

也不作任何辯白
即使被抹黑成
潛藏在內心深處
一個負面存在的代名詞

2

沒有表情
沒有聲音
沒有高度

及時縮短或拉長
忠實地反應
不動聲色的表象背後
不斷變化的世間冷暖

3

翻箱倒櫃猶豫再三
終於選定款式和顏色
以為可以擾亂
所有眼光的焦點

有心人還是
從終年一身黑的跟班那裡
得到體重的訊息

4

了解再堅強的堡壘
也有被攻陷的時候
但絕不豎起白旗

為信守這樣的承諾
作為哀樂生死與共的伙伴
一開始就沒有配備
眼淚

5

冷眼旁觀
你用一輩子的時間
塗塗抹抹
彩繪自己的人生

最後一筆潑墨
他才出手
完成畫面

《文學台灣》，二〇一三年七月。

誤點火車上

有人頻頻看手錶
有人開始抱怨
再不久會有人開罵

列車長忙著
無效的安撫或解釋
行車準則裡一定有提到
如此場合
臉上該有什麼樣的表情

也有人不開口
淡定靜坐閉目養神

想必跟我一樣
是持半票無回程的旅客
剩餘的行程裡已經不再有
非準時停靠不可的月台
何妨利用這些多出來的時間
回味這一路走過的風景

《臺灣現代詩》，二〇一四年三月。

看電影

沒有眼淚的笑昂貴
沒有笑的眼淚也不便宜
好人最後總是贏
因此值回了票價

那是以前的戲
距今已有數十年

現在我分不清
這是喜還是悲

或二者皆非
甚至無法確定到底誰該贏
無關製作成本或演員是誰
是年齡使戲更接近人生

最後一個畫面還是劇終
燈光一亮
我知道故事仍然
待續

《笠詩刊》，二〇一五年四月。

在那樣的高度

在那樣的高度
只看見雙手朝天
簇擁向前爭出頭的高樓

在那樣的高度
只聽到不待氣流推動
自行往上飄升的掌聲

攻頂成功為天際線上
突出的一點之後

所有之前關懷的全部失蹤
從心中的雷達與聲納消失

在那樣的高度
雖然終年低溫還不定時下雪
只保鮮站立頂點的身影
一小段時間

《臺灣現代詩》，二〇一五年九月。
《2015年台灣現代詩選》，二〇一六年四月。

河上游所見

一隻鳥
被自己俯衝而下的影子
嚇一跳
急轉彎倉皇飛走了

翻身下潛
一條魚
逃過一劫

那是經常出沒下游河段
混水獵魚的翠鳥

應是迷路到此
旁邊一位賞鳥達人
放下望遠鏡如是對我說

大概沒想到
河水這麼清澈
而自己的樣子
竟然如此嚇人吧

《笠詩刊》，二〇一五年十月。

火車上想到時間

五十萬元一只的手錶
一天有二十四小時
五百元一只的手錶
一天也有二十四小時
沒有手錶
一天還是有二十四小時

據此認定時間對任何人都是公平的
不是沒有道理
但為什麼給每個人的天數不一樣

花蓮到臺北
普悠瑪號列車
二小時
以前要付四百四十元
六十五歲生日以後
二小時只要二百二十元

不是說年紀越大
餘額日減的時間越珍貴嗎
大概要等到那一天
時間沒有意義了
才搞得懂時間

《笠詩刊》，二〇一五年十二月。

助聽器

1

只是放大
不是解析
只是輔助
不是治療

賣助聽器的年輕小伙子
鄭重其事地聲明在先

唯恐我掛上去不到三天
就來退貨

想必是閱人多矣他知道
老人家的通病
不信任科技
卻期待科技萬能

2

意外發現
花了這麼多錢
買回來的大部分是噪音

固然抓住了
之前老是錯過的肺腑之言
但是謊言——不管善意
惡意乃至無意——
也未漏網

見我耳上掛著助聽器
多數人不吝露出微笑
提高音量
重說一遍

3

真正受益的是老婆
從此不必拉開嗓門對我吼叫
重現隱藏多年的氣質

而我已經到了這樣的年紀
其實也不再需要甜言蜜語
何況原該自己先說出的悄悄話
一直沒有離開我心裡
怎麼可能會有回音進入助聽器

《臺灣現代詩》，二〇一六年三月。

第一句

應該潺潺流著水的河床
沒有水

草枯黃
樹木也無精打采

風不動
只陽光毫不留情地灑落

石頭舉目皆是
沒有一顆值得揀拾收藏

不會有人來寫生畫畫
就算帶著相機也不想打開鏡頭
可能因為我過度接近她的窩
焦急地飛跳鳴叫的一隻母鳥
卻為這個無詩的地方
寫下了第一句

《臺灣現代詩》，二〇一六年三月。

回憶錄

與別人無關的部分
就相信那是忠實的紀錄
反正內心世界裡的東西
沒幾個人感興趣

開卷時原以為
在報上只看到標題的
從這裡可以讀到詳細的實情
翻了半天
只找到另一個無從查證的版本
關於那些已經被敘述過的傳言

幸好我們已經學會
不從出土時間的久暫來判斷
事情的真偽
畢竟幾百元就買到的
不可能是完整無損的黑盒子

還是不得不佩服
為這本書寫序
號稱夠資格解讀的人
雖然他的證詞未必被採信
在最後審判的時候

《鹽分地帶文學》，二〇一六年八月。

訊息

不用懷疑
歲月其實沒有突襲你

很久以前陽光曾經提醒你
看昨夜新抽出的嫩綠
看百花競放群芳爭妍

抵達回歸線的時候
他拍發了即將返航的電報

後來秋風暗示過
看枯枝瑟縮掙扎
看落葉飄零不知所終

現在鏡子告訴你
看不知何時
出現在你頭上的
初雪

《笠詩刊》，二〇一六年八月。

荒地上的一棵樹

尚未被圍上紅布條
尚未被保護　或列管
距離成神
還有很漫長的歲月

獨立荒地上的一棵樹
悠然
自在如置身密林中

不介意被叫錯名字
也不在乎
從未有人完整地看過他一眼

似乎除了陽光空氣水
再無所求於這片土地

今天步行路過
無意中感覺到他的微笑
是因為有野鳥
在他的枝葉深處築巢嗎

《笠詩刊》，二〇一七年二月。

空拍機

在不同電視頻道上
替代人力
遂行困難的任務
提供美麗遠景

（一片叫好之聲）

才一轉台
就看到國防部長下令
一發現闖入機場範圍內

立即將之擊落
毋須請示

（一片叫好之聲）

在相對的世界裡尋找絕對
我們終於也進步到
擁有類似太平洋彼岸
爭執不休卻沒有定論的
槍枝管制的問題

《笠詩刊》，二〇一七年六月。

網路所見

眼睛最先犧牲
嘴巴解除了困難的任務
而手指被推上新鬪的戰場

不再孤軍苦戰
真相從四面八方來援
但謠言繼續挺進
跟以前一樣　僅止於智者

拿到任何二根無辜的木材
就釘成十字架

沒有人在乎規格混亂
耶穌或女巫
火熄滅後都是焦黑一團

沒有什麼能躲過的搜尋中
最後才發現
沒有永遠的朋友
也沒有永遠的敵人
是因為沒有永遠的自己

《臺灣現代詩》，二〇一七年六月。
《2017年台灣現代詩選》，二〇一八年五月。

老花眼

藏在細節裡的
就在伸手可及之處
換了三副眼鏡
還是看走眼

直到遠距離之外
原以為已經得其真相的那些
也逐漸模糊起來
才知道
這其實是上天的暗示

天下事不可能
到了這樣的年紀也不必
都看得一清二楚

《笠詩刊》，二〇一八年四月。

庭石上的雀榕

從某座山頭被挖掘出來
擺在不避風雨的這個角落
無所謂地坐成一顆庭石

被一隻未消化完早餐的小鳥
隨意地卸放在這裡
沒有其他選擇地長成一棵樹

年輕時看到的競爭
不知何時變成今天的共榮
對路過的指指點點說

不是坐錯位置
也不是長錯地方

既然都沒有腳
不如張開雙手擁抱對方
就這樣同框
成一則醒目的風景

《鹽分地帶文學》，二〇一八年九月。

暗礁

被稱為奇觀的
其實是無數次戰役後
僥倖留下來的
傷痕累累的殘軀

陸地撤退很久了
他還堅守在最前線
面對一波又一波的侵襲
繼續僅是象徵性的抵抗

只在退潮時浮出水面換氣
並不回頭遙望
也不再呼喚
遺棄自己的故鄉

寧願就這樣
直到未知的某一天完全淹沒
不在乎是否留在
誰的記憶裡

《笠詩刊》，二〇一九年八月。
《2019台灣現代詩選》，二〇二〇年。

角落的聲音

綑綁打包
丟在閣樓角落的聲音
隨著歲月沉積至底層
扁平成一首
不見天日的詩

當日埋藏的原因消失了
多年後不同時代的今天
挖掘出來的這首詩
還是訴說著
沒有人想了解的話語

最好的歸宿可能是
圖書館裡數位化後的
一個檔案

也許不知多久的以後
會有人打開來
驚問這樣的聲音
為什麼被寫成一首詩

《臺灣現代詩》，二〇一九年九月。

掌聲

不是全部來自
肯定你的人
鼓勵你的人
支持你的人

有時候會害你
停滯不前
走偏方向
甚至向下沉淪

不要錯怪上帝
創造出來　公平分發
給每一個人一副耳朵
卻沒有說明如何正確使用

許多耳朵忘了
在聽不到批評的同時
應該關閉
拒收掌聲

《笠詩刊》，二〇一九年十月。

臉譜

便於演出
或者管理
將無法概括的心
歸納成那些臉譜

不用懷疑這樣足夠嗎
用以教育
或者欺騙
幾千年來不計其數的
觀眾

雖然塗抹成相同的圖案
走著相同的台步
說唱著相同的台詞
油彩底下是不同的臉

何況還有
不知何時會突然出現的
轉身之際　如此迅速
永遠看不清楚
來不及反應的
變臉

《文學台灣》，二〇一九年十月。

落花

從同一棵樹上
被同一陣風吹落的櫻花之中
有一朵
奮力飛越一地塵泥
掉進緩慢流動的溪水裡
實現此生最後的願望
美麗的死亡

為什麼有人說
落花有意
流水無情

《臺灣現代詩》，二〇一九年十二月。

地神碑

——花蓮日本移民村遺蹟

日本人回去那麼久了
還留在這裡
繼續保佑週遭的農民

分辨不出
同樣黃皮膚黑眼珠的
日本人或臺灣人
曾在㓗利天宮
地藏會上發言的地神
想必是眼拙的西洋人

至今持續上香禮拜的農民卻說
日本神社都拆光了
獨留下地神碑
是因為土地一向公平回報
用心耕耘的人
不計較他們的族群或國籍

《笠詩刊》，二〇一九年十二月。

悅耳的插曲
——太魯閣峽谷音樂節

動員常駐的風
路過的流水
偶爾客串的小鳥
歌唱了千萬年
始終沒有人聽懂
峽谷究竟要表達什麼

三百年前太魯閣人的祖靈
開始用回聲

回應子孫的呼喚
貢獻了一個轉調的音符

雖然未能完整詮釋
這活著的難解的語言
今天眾弦登場提供了一小段
悅耳的插曲
在一整年遊客
夾雜著讚嘆的喧嘩之間

《笠詩刊》，二〇一九年十二月。

景點

即使比別處多了一棵
冠上藝名之後
不只提供乘涼功能的
樹

也不過是兩山之間
臺九號公路沿線
到處可見的田野
為什麼在這裡排隊
付停車費

「讚
畫面裡沒有電線桿」

鏡頭裡出現過千山萬水
從山前遠征過來的照相機
拍到了住在後山半世紀
路過不知多少遍的眼睛
未曾注意到的風景

《笠詩刊》，二〇一九年十月。

鳥居

——日本移民村遺蹟

圓型樑柱構成
不利鳥居
因此沒有鳥居的鳥居
獨自站在這裡　日復一日
無言看著異鄉的太陽
移動自己的影子

日本移民村草創之初
四周密布樹林蓁芒

野生動物從容出沒
鳥類其實也不會到此棲息

飽受災難摧殘瀕臨崩潰的日子
移民從這裡進入
經過石燈籠照亮的參道
到神社求得寧靜的心靈回家

百年後的今天
有神的神社早已被拆除
沒有鳥的鳥居留下來
透過照相機看歷史的遊客
心裡不知想到什麼

《笠詩刊》，二〇二〇年二月。

所謂正義

生的季節
死的日子

離巢外出覓食的鴿子
遭遇
離巢外出獵食的老鷹

同一片天空下
嗷嗷待哺的雛鴿
嗷嗷待哺的雛鷹
有不同的命運

透過望遠鏡瞄準的掠奪者
展翅翱翔
出示了他在保育類名單上的位置

要不要完成自己的使命呢
猶豫再三　所謂正義
最後留在彈匣裡

《笠詩刊》，二〇二〇年二月。

牆

這一面看是保護
另一面看是限制

或長或短或曲或直
從遠距離的時空觀察
牆一直是
地面上最難定義的人造物

阻擋不了
但有效遲滯
文化的轉變

靠近去檢視
風乾後留在牆上的漬痕
從前是血
後來是淚

現在是
標語被撕下來
還張貼在那裡的意志

《文學台灣》，二〇二〇年四月。

跋

簡介的文字，置於卷首叫「序」，放在卷尾叫「跋」。本書為何不作序而寫跋？

其一

一般認為詩是青春的文學，大部分年輕的詩作者，初提筆時感情豐富，世間事物入眼動心，無不有感；待年歲漸長，閱歷日增，熱情日減，苟有不因覺得「太陽底下無新鮮事」而停止創作者，也多轉為抒發胸中塊壘；等到終於省悟天下事其實沒有什麼好說的，乃不得不停筆。

生平服膺蘇東坡的一句話，上乘文章應如行雲流水，「行所當行，止於不可不止」，其實何止作文寫詩，為人處世莫不如此。回想我開始學詩是三十五歲，早過了說愁賦新詞的年齡，一起步就進入第二階段，故對社會現象及政治多所著墨，雖說純是出於個人興趣，僅利用業餘時間書寫，作品不多，三十幾年來倒也集了四本詩集，而上一本拙作《黑白鳥事》成書十年以來，詩作更少，大概已達上述的最後階段，不可不止矣，本書出版後不可能再集詩成書了，所以本文不只是本書的卷尾跋，也是我寫詩生涯的終結語。

其二

序，通常是對作者或書中內容的介紹，如果是詩集，更多的是對詩作的解析或導讀。這引出一個長久存在的問題：詩為什麼需要作者與讀者以外的第三者作解析或導讀？

關於現代詩，有一個笑話，即作者比讀者多，因為很多詩作品明明每一個字都認得，整篇讀完卻不知作者到底是說什麼，也許有詩人會跳出來辯論，認為有人屏詩不讀，問題不在作者的表現手法，而在讀者的閱讀感受能力；我從不作如是想，而拿這個事實（不是笑話）來警惕自己。

我不曾寫過詩的介紹或評論一類的文字，連讀後感都不曾嘗試，除了才疏學淺，自知無此功力，不宜獻醜外，我一直認為詩作者應該盡力使寫出來的東西讓讀者看得懂，知道作者是要表達些什麼，至於讀者透過文字的表象，能體會到多深，則不是作者所能強求。

再說一首詩經過解析或導讀，到讀者眼中，可能因解析導讀者個人的見解而失去本來面目，一個人既然有興趣讀詩，相信就有能力發現作品的內涵，不必用額外的東西來影響讀者的體會或感受，總之，我希望作者與讀者之間，只以詩作為溝通的介面。此所以不請名家作序，亦不自寫序，而以此短文作結尾。

語言文學類　PG2476　秀詩人78

角落的聲音

作　　者 / 林豐明
責任編輯 / 許乃文
圖文排版 / 蔡忠翰
封面設計 / 林士強
封面完稿 / 蔡瑋筠

發 行 人 / 宋政坤
法律顧問 / 毛國樑　律師
出版發行 / 秀威資訊科技股份有限公司
114台北市內湖區瑞光路76巷65號1樓
電話：+886-2-2796-3638　傳真：+886-2-2796-1377
http://www.showwe.com.tw
劃撥帳號 / 19563868　戶名：秀威資訊科技股份有限公司
讀者服務信箱：service@showwe.com.tw
展售門市 / 國家書店（松江門市）
104台北市中山區松江路209號1樓
電話：+886-2-2518-0207　傳真：+886-2-2518-0778
網路訂購 / 秀威網路書店：https://store.showwe.tw
國家網路書店：https://www.govbooks.com.tw

本出版品獲花蓮縣文化局補助
指導單位：花蓮縣政府

2020年9月　BOD一版
定價：270元
版權所有　翻印必究
本書如有缺頁、破損或裝訂錯誤，請寄回更換

Copyright©2020 by Showwe Information Co., Ltd.
Printed in Taiwan
All Rights Reserved

國家圖書館出版品預行編目

角落的聲音 / 林豐明著. -- 一版. -- 臺北市 :
秀威資訊科技, 2020.09
面； 公分. -- (秀詩人 ; 78) (語言文學類 ; PG2476)
BOD版
ISBN 978-986-326-832-1(平裝)

863.51 109012515

讀者回函卡

感謝您購買本書，為提升服務品質，請填妥以下資料，將讀者回函卡直接寄回或傳真本公司，收到您的寶貴意見後，我們會收藏記錄及檢討，謝謝！如您需要了解本公司最新出版書目、購書優惠或企劃活動，歡迎您上網查詢或下載相關資料：http:// www.showwe.com.tw

您購買的書名：____________________

出生日期：________年________月________日

學歷：□高中（含）以下　□大專　□研究所（含）以上

職業：□製造業　□金融業　□資訊業　□軍警　□傳播業　□自由業

□服務業　□公務員　□教職　□學生　□家管　□其它_____

購書地點：□網路書店　□實體書店　□書展　□郵購　□贈閱　□其他

您從何得知本書的消息？

□網路書店　□實體書店　□網路搜尋　□電子報　□書訊　□雜誌

□傳播媒體　□親友推薦　□網站推薦　□部落格　□其他__________

您對本書的評價：（請填代號　1.非常滿意　2.滿意　3.尚可　4.再改進）

封面設計____　版面編排____　內容____　文／譯筆____　價格____

讀完書後您覺得：

□很有收穫　□有收穫　□收穫不多　□沒收穫

對我們的建議：____________________

____

____

____

請貼
郵票

11466
台北市內湖區瑞光路 76 巷 65 號 1 樓
秀威資訊科技股份有限公司 收
BOD 數位出版事業部

....

（請沿線對折寄回，謝謝！）

姓　　名：＿＿＿＿＿＿＿＿　年齡：＿＿＿＿　性別：□女　□男

郵遞區號：□□□□□

地　　址：＿＿＿＿＿＿＿＿＿＿＿＿＿＿＿＿

聯絡電話：(日)＿＿＿＿＿＿＿＿＿＿ (夜)＿＿＿＿＿＿＿＿＿＿

E-mail：＿＿＿＿＿＿＿＿＿＿＿＿＿＿＿＿